關於呼吸

據說失去節奏就會令影子剝離

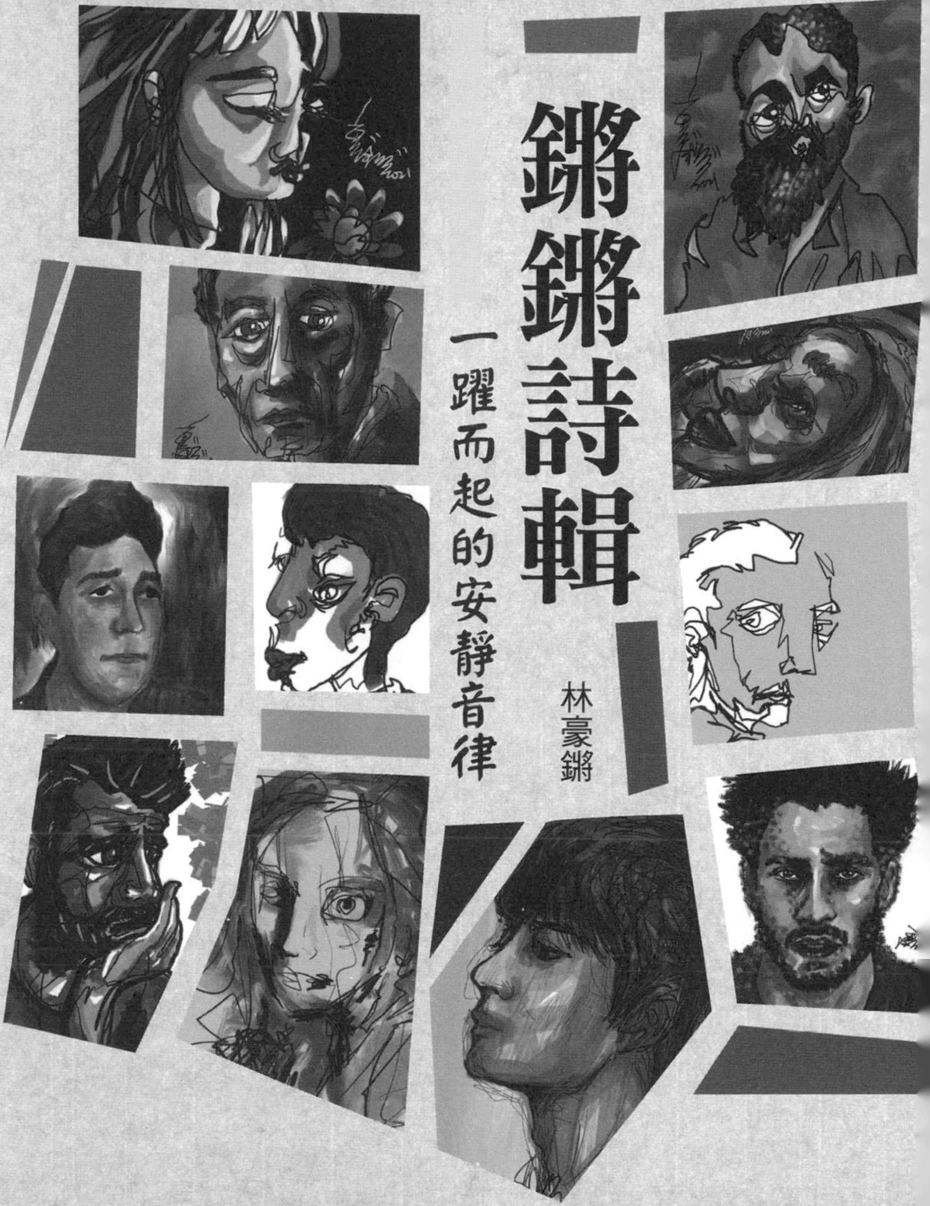

鏘鏘詩輯

一躍而起的安靜音律

林豪鏘

目錄

【推薦序一】在當代藝術中吟唱的抒情詩人
——為林豪鏘詩輯序 須文蔚 010
【推薦序二】來自數位與藝術界並悠遊於文字
與圖像間的現代詩人 黃心健 018
【推薦序三】知性空間的抒情展現 林秀赫 020

輯一．不修邊幅 023

一躍而起的安靜音律 024
這只是我在弱勢團體中的一種姿態罷了 026
呼吸 029

刪一行詩 031
我，以及其他 065
適　可　而　止 067
言葉之庭 069
耽溺於對稱艷色的象外之景 071
然後你就可以看見 073
想起來了 074
再見 076
規律 078
不修邊幅 080
今夜，無事。 081
第二天上演的情節 082
無以名狀 084

無所事事 086

輯二・不協調的合奏投影 089
昨天的聲音 090
價值交集不再延異的地方 092
不協調的合奏投影 094
卓越安排的不優雅文本 096
跳躍式的結局暗示 098
不存在真相的身體書寫 100
遇見昨天 102

輯三・無終點形式的虛構投射 105
寂寞的記憶邏輯 106

正向力量的微型風貌 107
於是你的思緒不斷行走 109
喃喃自語 111
耽美於雲端的書寫方式 113
思念的巨量形構 115
影子的樣子 117
無終點形式的虛構投射 119
關於永恆的共構現象 122

輯四．旋律線 125

不該煽情 126
停格之二 128
中傷我吧 130

得到薩諾斯無限手套 132
運鏡美學 135
向前縱放的速度形狀 136
躍進 138
年節格律的共伴語境 140
旋律線 142
共同耽美的人生日記 144
越界圖騰 146
其實的我 147
無質天空的並置書寫 149
華麗的暗黑泛音 152
溫柔的哲學 154
啟程 155

輯五・這不是故事

介入視域的佈局 158
夜，襲 159
無　期 161
無從界定 163
收割 165
自然現象N 166
我的孤獨是如此 167
生意盎然的平凡時光 169
以物觀物的自然狀態 171
遺落在旅程的現象學 173
任性 175
空間的語彙飄進影子的佈局 177

這不是故事 179
【林豪鏘後記】文字語素與人生長句共伴 181

【推薦序一】在當代藝術中吟唱的抒情詩人
——為林豪鏘詩輯序

須文蔚／國立臺灣師範大學文學院副院長

我就讀東吳大學時，曾參與《曼陀羅》詩刊的編務，在那本充滿前衛聲音的雜誌中，第一次讀到林豪鏘的詩〈我知道我早上醒來做什麼嗎〉和〈這不是故事〉，我看見一個有著敏銳感受的青年在都市疏離的情感與空間中，敏銳地發出早熟的感思，如〈這不是故事〉中：

以我為介面的
過去五十年和
未來五十年
在浴室靜謐的鏡子前

藉一把刮鬍刀　唰白的
相遇。

一個少年照著鏡子，在一瞬間看見了百年的時光，宛如唐代詩人李益〈立秋前一日覽鏡〉所歌詠：「萬事銷身外，生涯在鏡中。惟將兩鬢雪，明日對秋風。」的時間悠悠以及歲月無情，在大學畢業三十多年後再次讀到這首詩，不得不驚嘆詩人的早慧。

一路就讀資訊科學系所，在國立清華大學取得資訊科學博士的林豪鏘，是數位藝術界的知名藝術家與學者，無論他如何跨界，始終鍾情於現代詩創作。他在繁忙的研究生歲月中所寫下的〈這只是我在弱勢團體中的一種姿態罷了〉，又極其諷刺與世故地寫出藝術社會中的複雜關係，詩人先描繪了一個桀驁不馴的前衛藝術家，以弱勢、徬徨與卑微的姿態存活在藝術場域中，而他漸漸「力爭上游」，理解了品味與系統的階級關係，最終：

自此眼聾耳盲，
嘈雜中漸漸，輕視嗅覺與味覺終於，
風華絕代殿堂中背熟了統一風格的奧義體系。
我傲視群倫並且，躬背哈腰。

藝術家的功成名就顯得萬分諷刺，詩人顯然不斷辯證藝術家在成長的道路上：登頂與毀滅的悖論（Paradox）。

閱讀林豪鏘系列書寫，不難發現作為一位跨界的數位藝術家，他相當嫻熟於跨媒體互文的解讀與再創造。一九六〇年代中期之後，法國原樣（Tel Quel）學派開始，對於文本的看法，漸漸進入了比較思辯性的討論。克莉斯蒂娃（Julia Kristeva）介紹巴赫汀（Mikhail Bakhtin）時提出了「互文性」（Intertextuality）的概念，用以描述所有文本都是由無數引文鑲嵌拼貼而成，而文本也吸收轉化了眾多其他文本。林豪鏘是具有前衛性格的藝術家與詩人，詩集中處處可見到他融合、改寫不同符號系統語言的美學想像，無論是以策展理念、評論畫作、觀看動漫或是聽流行歌曲，他都能以現代詩踰越不同藝術類型的系統，展現出自身的洞見與情意。

以〈以物觀物的自然狀態〉為例，詩人在聆聽鄧紫棋的〈摩天動物園〉（City Zoo）一曲時，隨著歌手的節奏就寫下了：

有我之境，皆著你色彩
無我之境，空氣俱恣意編排
昂首　吐納　張臂　嘶吼
所有色調都配合你靜觀的節奏

思想的成份竟係此般純粹結構
當美學體驗演繹為以物觀物的自然狀態
那麼就可窺見暗示性的未來

如是創作方式無非以自動書寫（Automatic writing）的方法，在幾近無意識狀態下的寫作，而詩人卻把一首都會男女情愛糾結的敘事，書寫出闡釋從意象與象徵理解美學與思想的歷程，頗有「以詩評歌」，又衍生出「論詩詩」的意涵。

不僅僅在聆賞與觀畫當下，迸發出跨藝術互文的創作，林豪鏘更鄭重思索科技與藝術交會的核心問題：「形式創新」。熟悉新媒體藝術者都知道，形式創新常常決定了一個作品成功與否的關鍵，不斷發展新的表現形式，無論是藉以抒情或言志，都展現了「審美移情的非工具感性，正是為了滿腔無終點期盼的自由釋放。」就在〈無終點形式的虛構投射〉一詩的結語中，藝術家再次提問：「究竟，究竟要透過多少形式，／你我才能充份表達內心極度豐沛的情感？」看似提問，其實已經有著深切的體認了。

到了〈耽美於雲端的書寫方式〉一詩中，可見到林豪鏘不斷以今日的自我，與明日的自我作戰。他與雲端與大數據對話：「讀你的心，我尋思背後隱射的客體。／分散式結構的多層組織，我在虛實間雜湊你的全貌。」在這首「濃情蜜意」的書寫中，不難發現林豪鏘已經跳脫了形式至上的迷思，追求下載與備份後「解脫邏輯而後韻致迸湧。」他從形式轉向追求創意的起點，透過心理分析式的發想：

上傳下載同步分享，你我開創的未曾有過的獨自世界。
潛意識充份理解所有思想記錄，
容錯率和各種新舊版本的並置建構了多次元的無稜角場域。

這種純粹性，正是我超現實主義的書寫方式。

在面對雲端超大容量的資訊時，詩人以講究超現實的方法論，表達出自身不受限於邏輯與數據的決心。

讀者不必擔心，這並非是一本藝術理論為骨肉的詩集，林豪鏘是個在當代藝術中吟唱的抒情詩人，他的情詩聲調迷人，在〈如果不是〉中，從等待與懷抱的憂傷中，詩人能將夢投射到宇宙星空。

從近至遠，從糾結到遼闊，把愛鋪排得如此天高氣闊，自然是好手筆。同樣深刻的情詩如脫胎在動畫《言葉之庭》的同名詩作，詩人後設地說出詩篇的筆法是「藉雨說情」、「藉雨中之葉表達思念」，雖然文字吞吐，但句意俐落，讀來真是過癮，藝術的手法可以貼合在情愛的表述上，展現出林豪鏘書寫的特色與功力。

在一個充滿紛爭與黯淡的年代，林豪鏘的詩句總是充滿陽光與力量，無論如何爭執與對立，他會清朗地歌唱：「雜沓盤糾的變幻滄桑／就讓它解構吧／請駐足在當年你我創造交集的地方／當你遙望／會看見我正在路上」（〈價值交集不再延異的地方〉），那在路上的身影，正是他衷心的願望：以創新、豐饒與正向的藝術與詩意，為島國帶來更多大步邁向未來的力量。

【推薦序二】來自數位與藝術界並悠遊於文字與圖像間的現代詩人

黃心健／國立臺灣師範大學設計學系特聘教授

長期關注數位藝術的人對於林豪鏘教授的大名一定不陌生。鏘鏘老師在資訊科學以及藝術領域是卓爾大家，但出乎我們意料，卻也似乎不意外地，他從學生時期就醉心於現代詩創作，是個詩人，例如〈這只是我在弱勢團體中的一種姿態罷了〉中「我傲視群倫並且，躬背哈腰。」一句，大有詩皇羅智成的傲爾風範。

作為一個圖像化思考的創作者，我十分欽羨在文字與圖像間悠遊兼擅的他；近日他更將其詩作與數位科技結合，在0與1之間創造出了意境／藝境皆臻至化境的藝術火花，尤其值得我們深思品味。

謹敬撰小文，祝賀詩人林豪鏘的大作問世，也祝福讀者展閱詩集能饒有所得。

【推薦序三】知性空間的抒情展現

林秀赫／國立台南大學中文系教授

讀鏘鏘詩輯常感受到詩中存在一個特殊的空間，這個空間是知性的世界，但描述這個空間的文字則是抒情的。鏘鏘擅長使用長句鋪陳，以詩句進行雄辯；有時敘述又突然跳躍，似心緒的跳動，正如書名「一躍而起的安靜音律」，兩者綜合成自由奔放的風格，令人想起林燿德的作品。

如果你正在閱讀鏘鏘的詩集，以下是我頗喜歡的句子：

「在無雨之際喜獲透徹之醒，實現那充滿希望之光的寓言」

「於是我踞坐客廳」

「於是無聊的陽光和我都不明白」

「我對你的思念向來是挺直的」

「關於呼吸，據說失去節奏就會令影子剝離」
「有股巨大的能量，正是我對妳的美好記憶」
「枝椏扶疏間，妳是否聽見了？」

·輯一·

不修邊幅

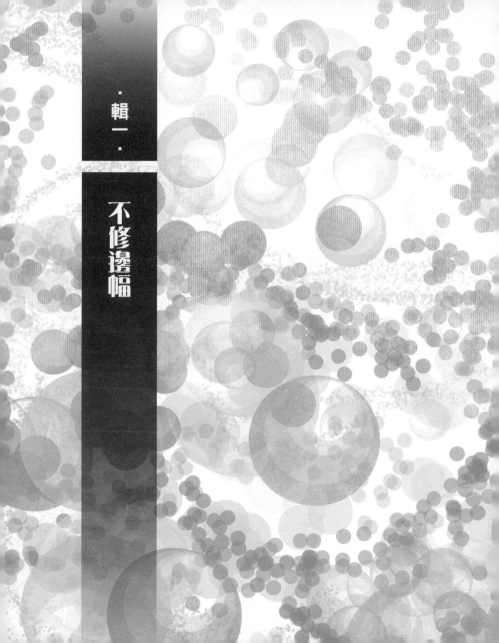

一躍而起的安靜音律

薄霧中的你的臉龐裏的看不見的我的眼神。
掉落在空氣倒影裏的不斷渙散的不言不語。

聽說心靈中的孤寂總是深邃時而神秘，
那麼鏡內守住小徑兀自張望的無從湧動的乾涸吶喊，
有沒有出離夢境帶來片斷記憶一絲或然率？

所以不明白。
不明白自喉間一躍而起的熟悉同時陌生的音律，
為何總驟跌在與空氣互疊的倒影裏，此般安靜。

【後記】

我的這首新詩「一躍而起安靜音律」，其實是在低落心境時所寫的。當時正好在聽韋禮安的「有沒有」，當聽到第二句，我就忍不住內心的悸動開始提筆；當韋禮安唱完，我這首詩也完成了。

二〇一一．七．三

這只是我在弱勢團體中的一種姿態罷了

——我們彼此擦經胸肩。交替切換意識與困頓。
拖鞋聲戛然而止。
城市的子民們啊，然後我們在站牌下睡著。——

空氣這般聒噪。
（騙你的可是有陽光，）
（復思維受阻。）
『人口不斷膨脹及嬉笑迅速蔓延
是否導致你追逐時尚地愛上歇斯底里？』
『不，只是經常呆立無法推理及傻笑，並且忽然不懂，詩。』

『　　　』

『那麼，你的世界似乎不該伺擁孤獨寂寥不安。』

（潛意識和影子一同消失，所以。）

路上行人果然多得出奇
彼此關係只建立在
腳步的快慢腳印的深淺交疊發生的先後順序與，展開
自速度的階級美學。
於焉以極端時髦的審視角度，看人，以及
繼續呼吸。

自此眼聾耳盲，

嘈雜中漸漸，輕視嗅覺與味覺終於，
風華絕代殿堂中背熟了統一風格的奧義體系。
我傲視群倫並且，躬背哈腰。

呼吸

我又看到
太陽升起時飄上來的那些泡泡
泡泡釋出空氣
我張口企圖呼吸
聲音紛紛出走

那天起
髮際的風切聲劃出一道一道線條
我攀著線用力探索
遠方有雙眼睛正在張望

張望的氣息化為一顆一顆泡泡
我把風景關靜音了
默默看著他不斷呼吸

紀念：疫情中離我們而去的人們

二〇二一．六．十八

刪一行詩

穿透你的視界
我望見了安置心境的空間
原來這裏有花瓣片片
那是我未曾體驗過的芬芳

張眼闔眼
卻也關不了窗
所以風捲進來，帶著氣息
我大力呼吸

因此我把心放這兒了
不再無羈
呼應了曾經的想像
我刪去了上面一行詩
坐了下來

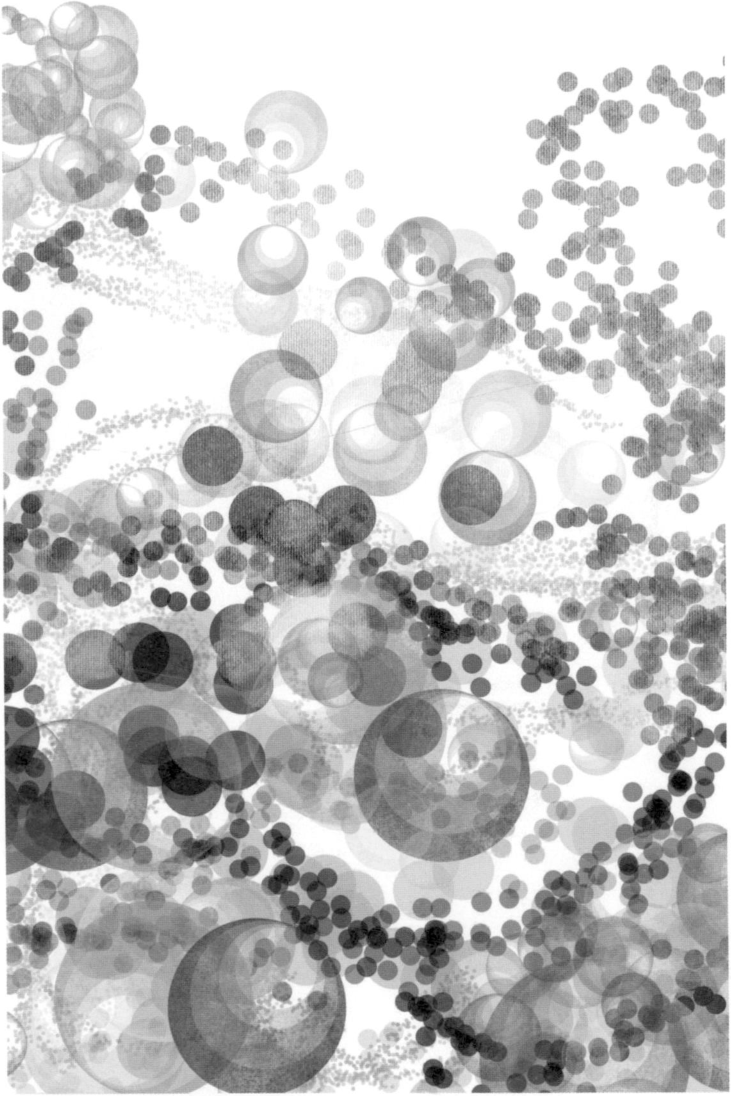

Day

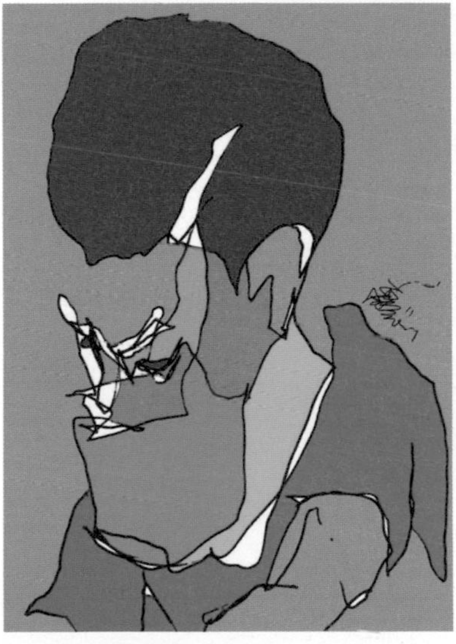

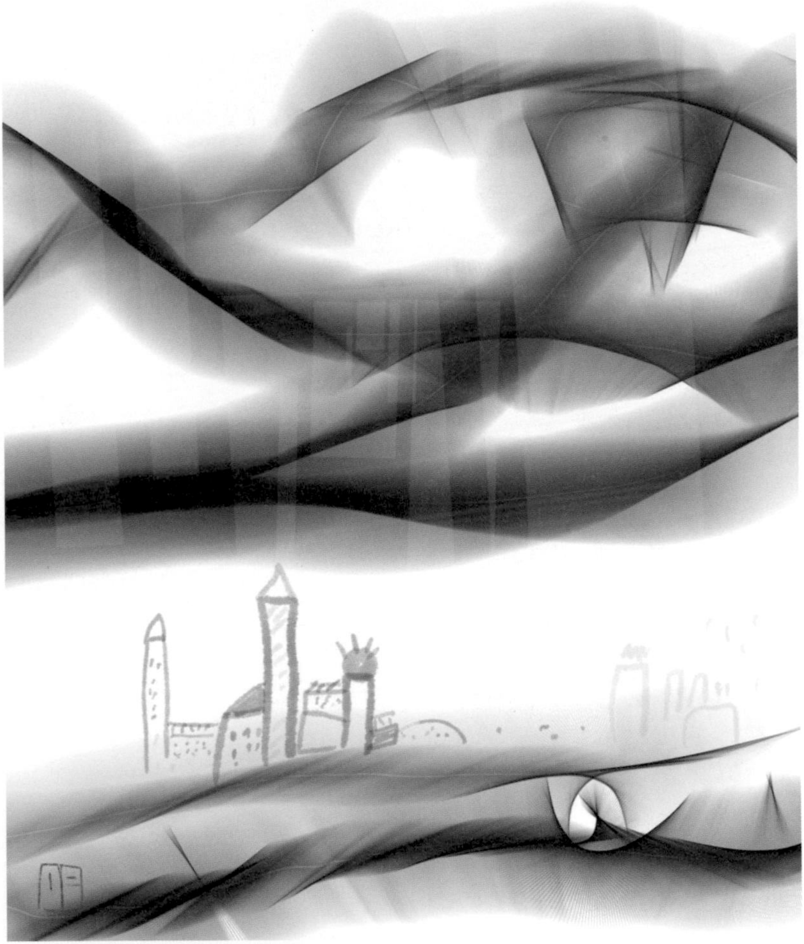

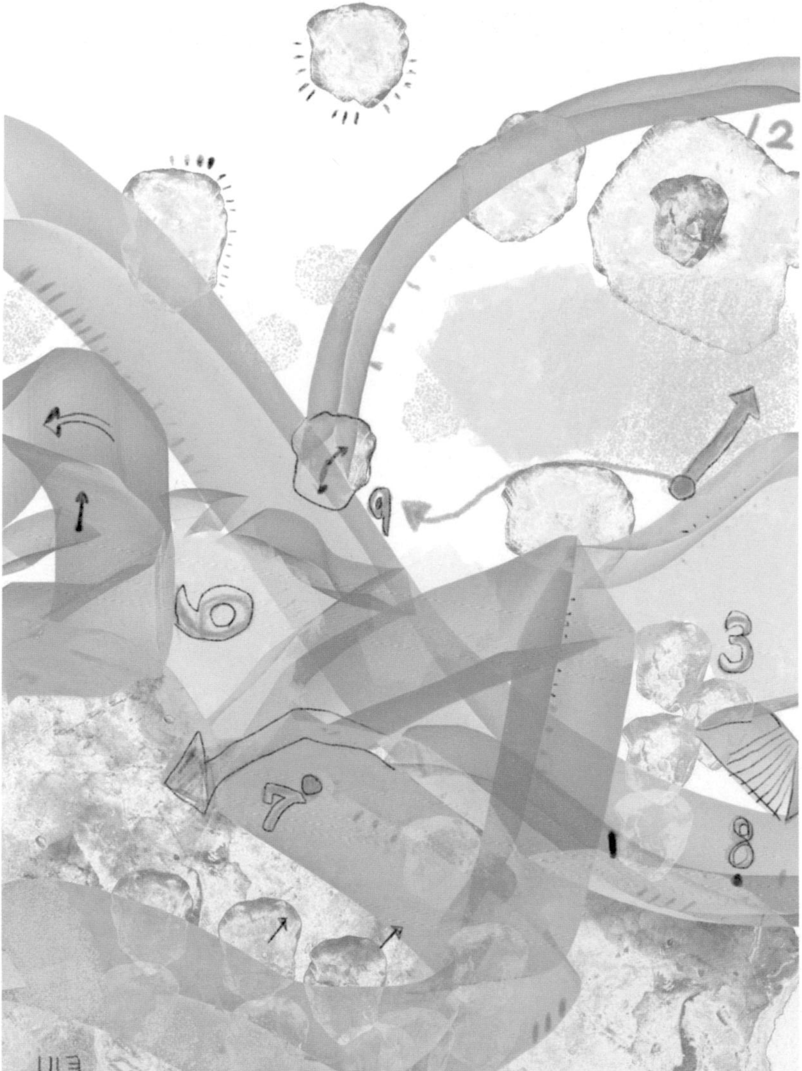

12
9
6
3
7
8
2021.7

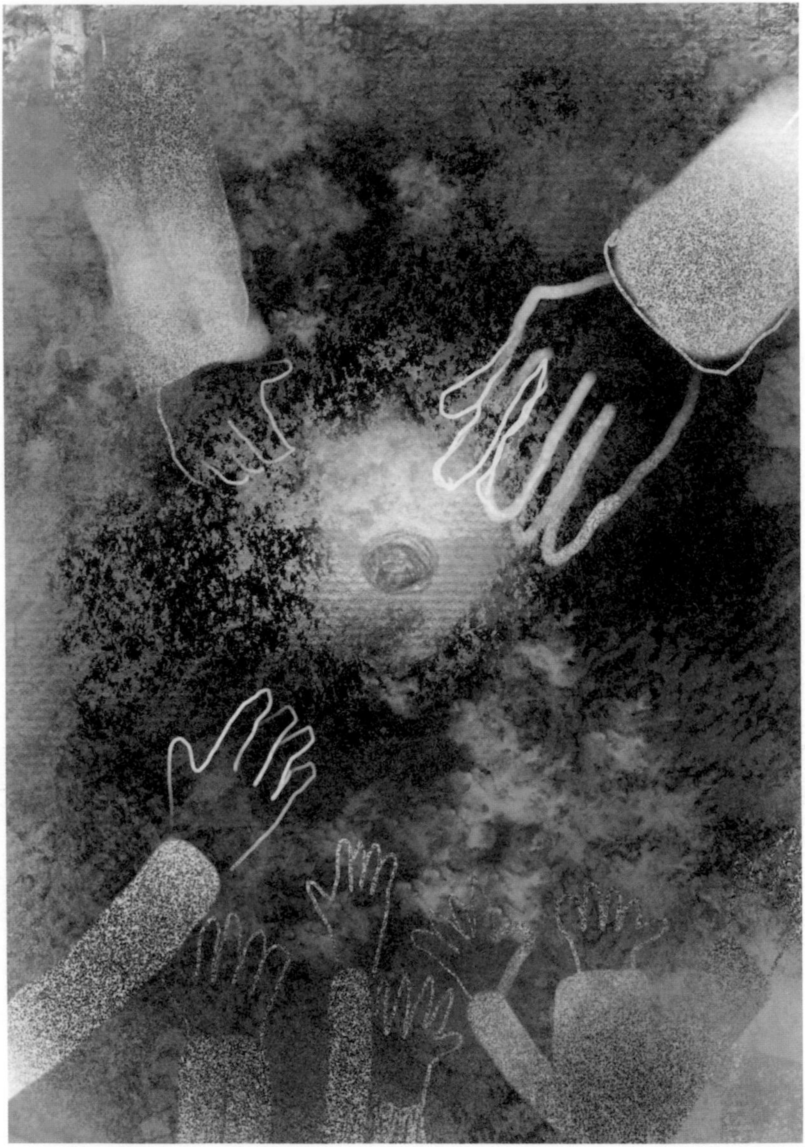

Monsters

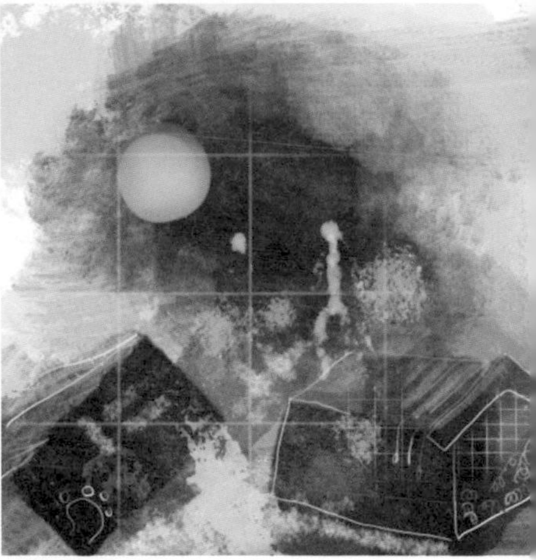

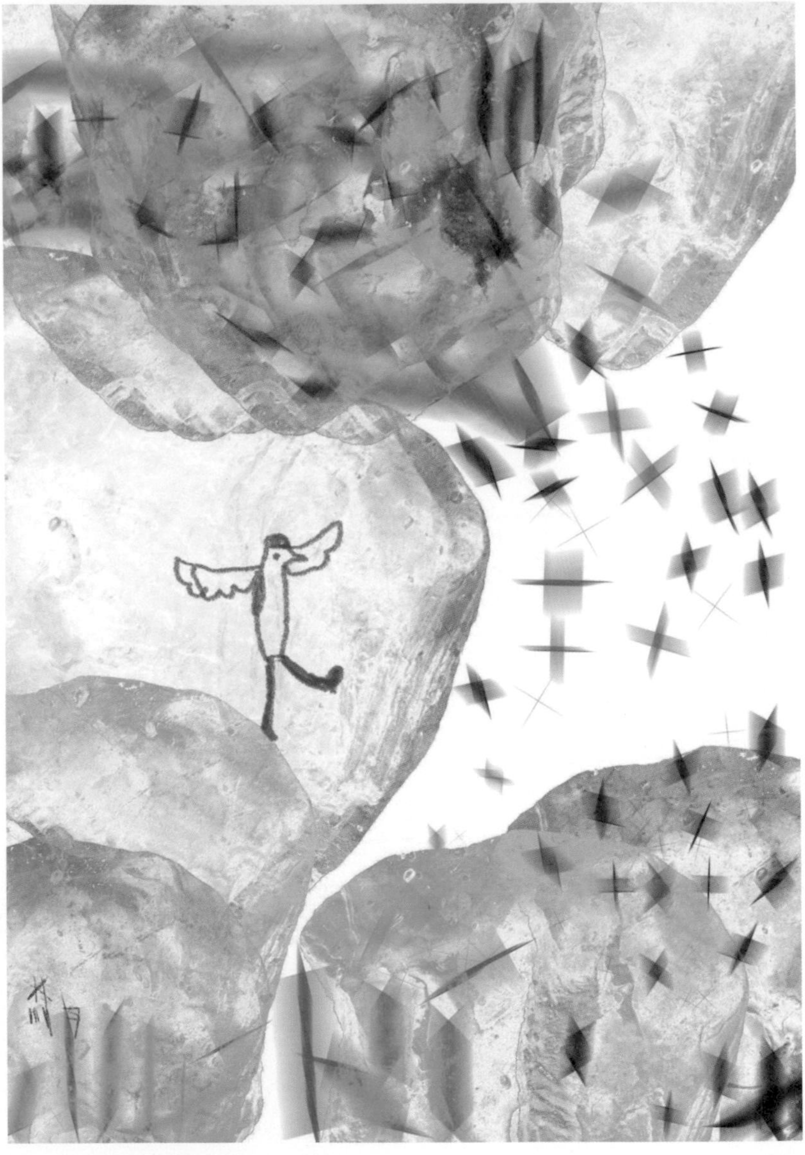

我，以及其他

遂躊躇於一夜風雨解構的格局中。（其實不必對自己表達秘密，而假
釋那刺骨的寒。）

『一個人嗎？』
句法及語意皆過於嚴謹，一時令我啞然無從回答。
『一個人嗎？』
口氣的佈局顯然鬆散，我張口大笑
所有感覺都和我的靈魂剝離。
是孤單罷，我想。

所以固執。端於一切優柔寡斷及其他等等。
疲憊與光榮紛紛跌落我錯髮糾結的思維中，
而忘了防範；夢遁後
而彼此排擠。
我們只能這麼說了。心靈角隅一端
優越與其突變的劣等基因
雜遝盤據在意識的剖面
我只能這麼說了
無須重組本質及無法為心情命名，
並且風雨驟驚。
如此而已。

適可而止

景物一再變換姿態，迅速移動的光影令人昏眩困頓，
你的神情，於焉不易辨識。

「優質因子被充份解構，所以我們擁有光榮。」
你是這麼說的嗎？
然而我看到了景物一再變換姿態，迅速移動的光影令人昏眩困頓。

遠方的山嵐漸次逼近，大霧交織的聲響，不斷傾斜，不斷傾斜。
難以描繪的情緒，雜沓而至。
是啊，裊裊雲煙中，所以我終於看到了你的神情。

那是我聽到你的最後一句話。
從你堅定炯炯的雙瞳中，我終於聽到了這句話：
「對於所謂公平對於所謂真理的追求，是否何妨
適可而止。」

言葉之庭

雨聲描繪妳的外境
斜移的軌跡勾勒我內心澎湃的觀想
水滴映照妳我，若即若離，與此刻互不相涉
我們跨越彼此的距離窺測未來
正如相遇之初凝看空氣時揀擇的預言
那充滿希望之光的預言。

我們藉雨說情
我們憑藉狂風中晶瑩的綠葉　傳達想念的原貌原形
文字吞吐，但句意俐落

時間的推進詮釋了生命的真誠
所以妳我在雲層疾走時刻相遇
所以妳我在滿溢歲月歷程的湖畔　跨越距離窺測未來
在無雨之際喜獲透徹之醒，實現那充滿希望之光的預言
親手交給妳量身訂製的詩篇。

【後記】

觀新海誠動畫言葉之庭有感。「隱約雷鳴，陰霾天空，但盼風雨來，能留你在此隱約雷鳴，陰霾天空，即使天無雨，我亦留此地」

——言葉之庭《萬葉集・柿本人麻呂》

耽溺於對稱艷色的象外之景

你的眼神沿著畫框取來象外之景，
從容渲蘊出大片色彩，經有入無。
繽紛間巧妙地語不涉己，
舒展層層疊疊的詞意，令人迷幻的氣息因顯而隱。

翩翩飛舞的是你形塑為蝶羽的對稱艷色，
靜謐空間中藉形出神，
所有速度都因此發出美妙聲響，
輕盈揮灑獨特風格，不即不離交織畫作之蘊藉。

你任肌腱運行了論述美學的線條，
每道理路都記誦著類比性的譬喻。
求其本質，實與虛相互交涉，
我們都隨你耽溺於充滿出世情懷的心靈韻文間。

透明和不透明的色塊敘說著彼此重逢的故事，
於是，夢境有了它的形狀。
不切指任何虛實的有機體如此玄妙幽渺，啟其端倪。
這正是在對稱夢境裏你我不斷轉變與幻化的角色。

【後記】

這首詩是為了賴新龍兄【夢蝶逍遙遊】個展而寫的創作。尤其是看了新龍大師作品【夢蝶】深深有感！真是無比動人的大作！

然後你就可以看見

「什麼時候你會寫詩？」你說。
當我的畫筆你的言語不再無身之際，我說。
「彷彿你的視線與光明無從交集」，你說。
那麼我會閉上眼睛用力透視這個寰宇，我如此說。

所以我喃喃囈語後不言不語
把所有句法語意都編碼為折射的雨滴
折成各種直線虛線曲線拋物線
然後你就可以看見。

想起來了

你拎著我的背影，然後就走了
我無依無靠只好回過頭對我微笑
落下的餘暉費力彩繪著一小塊一小塊記憶還有其他
等等等等。

你雜沓的足跡則拼湊出一張張我的臉你的臉他的臉
還有其他
等等等等。

藉著書寫繼續呼吸的我忽然想起來了

想起來了
樹葉在飄光線在跳有個聲音在風裏斷斷續續彷彿在叫
請妳
等等等等
我

二〇二一・六・十五

再見

一圈一圈的綠色繞著紅色還有白色
一顆一顆亮點裹著黃色紫色還有橘色
妳低垂的眼簾蓋住了那一片藍色
竄起來的是一排一排不規律跳動的看不見的彩色

我闖進了妳多層次的堆疊世界
撞上的卻是沒有厚度的一大張平面
不得其解的風聲捲起了不刺眼的光圈
我翻個身妳的眼眸已經升出水平線

於是我們再見了
再見面然後不再說再見

鏘鏘告訴你：我為詩作　#然後你就可以看見　畫了一幅畫，然後再為這幅畫寫了一首詩　#再見。對我何言極其浪漫與奇幻。

二〇二一・六・十六

規律

也許有
那其實是賦諸你我的無形規律
遂想起當年　凝結流動歲月的刻度

或許是
這伺擁內心的難以描繪的若干形骸
遂想起當年　散心時阻擋你我視線的大片翠綠
每當清晨　每當沉睡　每當暗夜　每當清醒。

我們的思維說不清每一個悸動當下的念頭
絕對的推理永遠理不斷任何一次無心的書寫
於是我踞坐客廳。

不修邊幅

我甚至連對親暱相依的呼吸節奏都如此輕忽
其實並非漠視自己。
清澈俯瞰自我之後的審慎忖度
決意將關心焦距全對準遠端圖騰。

即便是十分認真地收藏了一輩子所有的遺憾與心碎
儘管來時路是如何地紛亂雜沓。

福禍是否不修邊幅
於焉甚不重要。

今夜，無事。

今夜無事。我收集草木輕淺的呼聲
「洞悉了所謂的幸福之感」，我驚愕發現，
是一種莫可名狀的喜悅，值以令人拆卸多餘的思考。

是以透明的語調驟具十足的彈性
可從酷烈的性情中　析出可愛的溫柔。
是以卓越的心情攬夢而醒
濾清了心境，止於一種思念。
決意拿出貼心收藏的斑斕札記
將今夜的心緒，存證留念。

第二天上演的情節

保持這種姿態。
我們都清楚如何緩緩
緩緩地逼真這份距離當不經意流露自妳眼蔭下的采藍
　　　　以及披滿雙肩鮮明的溫柔
　　持續凝住我沒有偽飾的憂我們都假裝看不見

但。但都市雙瞳渙散的氣味一再稀薄
關於寫實能力　妳我悄然淡忘。
保持這份姿態沒人說明如何翻灑視野於沉默與
喧囂的臨界於是無聊的陽光和我都不明白

不明白為何我沉黯的身姿總是浮鑴在妳背面於是我們只好，
時常微笑

無以名狀

是這樣嗎？遠方的雷聲出乎意料
蓋過了我的言語，你假裝聽不見

驟然加劇的暴雨
你無意理會
持續透過雨刷看著副駕駛座的風景
選擇與之安然共存
風的樣貌無以名狀

你我的姓名原屬虛字

握不住的方向盤
飄移的輪胎
濺起水花

無所事事

漸次昏暗的天色，仰望乾爽的冷空氣，一個人。
跌宕小店角隅，自喜。

晔光斜倚於木質溫度的座椅，其年歲無從猜測，眼前有陶杯，煙起。
手做沖濾包，坦尚尼亞咖啡，無酸，香醇，菸草般的標誌。

耳邊又揚起音律，和諧宣示著一種無比悠閒的節拍。
肢體計畫性地傳達絢麗視覺，卻也凝鑄成諸多靜謐的沉思。
無違和感。虛則實之。

投射難以言喻的自由感，乾淨的白牆乃歸軸之所在。
純粹的喜悅，向下紮根的充實感，光潔挺直。
什麼事都不用做，就持續延展恆溫的微笑。

「無所事事，竟係此般不可思議的美學經驗。」
令人難以置信的傳說。

·輯二·

不協調的合奏投影

昨天的聲音

我對你的思念向來是挺直的
他們響亮而銳利
完全穿透想像

他向你投射的敘事完全是自創的
我們失去了暗示的或然率
所以只能即興演出

文字的位階不斷延異
那是一種時空雜沓的思維

當你否定了我思念中的構圖
我會靜靜聽昨天的聲音

二〇二〇・五・二十六

價值交集不再延異的地方

除此之外
你我都忘記表述彼此對於價值的觀點
那是因為
這一段路已經走了很遠很遠

沒有寒風的冬季
情節和思維俱皆產生了延異
顆粒狀的氣溫
凝滯了開口的時間點

曾經共同形塑的輪廓
是牽引我們前往的地圖
踏過的足跡
結晶了心與物的移易

雜沓盤糾的變幻滄桑
就讓它解構吧
請駐足在當年你我創造交集的地方
當你遙望
會看見我正在路上

二〇二〇・二・十六

不協調的合奏投影

我的生命語碼是你書寫的媒材
仿造共伴的曲線
斜織色彩與音符共感的康丁斯基元素

但其實我想即興演出
兀自從邊緣跳脫
排列出稚拙的組合

於焉你便是我的鏡子
我揮舞肢體

你做局部回映
不協調的生活節拍正是你我合奏的曲譜投影

卓越安排的不優雅文本

我認為第一次失去方向是二十年前同你說話的時候
因為對語氣字義的誤判我們無從察覺氣溫轉換的不夠

空氣凝結時速度是否優雅你說沒關係當時我們都笑開了
水滴涓刻出故事所以我不再是少年然後就這麼走著

我一直沒有走開因為哭泣的瞬間我總是看到你燦爛的畫面
文本安排如此卓越我想你也找不到理由能夠改變

你悄悄走近我也不斷逼近彼此心靈上的距離沒想到那是雙曲線

眼看著就快攜手然而歐基里德空間卻讓我們無法碰撞
並且摩擦的痕跡難以避免

無從回顧我們只能前進直到所有消失的歲月皆成過客
時空易位你我繼續追著影子書寫只要能再遇見你燦爛的笑顏
即使駕馭不了不平衡的時光而跌宕那又有何不可

二〇二〇・七・二十

跳躍式的結局暗示

失眠是一種漸進式的衝突與妥協
我們企圖與價值觀迴異的彼此對話
對話投影在堆砌對峙與退讓的抉擇迴圈中
不確定性卻蔓延了每次醒來就刺痛的那一大片傷口

你用矛盾邏輯論述了所有具攻擊性的現象
我在回憶洪流中撿拾點滴脈絡
然而你指控我的回憶共構於謊言
那麼無辜的我不明白你重重疊合的影子為何如此清晰

結局是最跳躍式的幻想
推移式的歲月沒為我們鋪陳太多線索
不斷磨合的裂縫是你我思想接軌的痕跡
那麼會有種信號暗示充滿理趣的未來

二〇二〇・七・二十

不存在真相的身體書寫

兩人的關係根植於價值的渙散
對話的過程遞轉為意義的逸失

我們的情節被彼此過度檢視
顯微觀點破壞了原有的形構

自我實現的既定法則其實是對語言的戲逐
所有事件的演進通常都呈現共伴效應

一個人往往無法獨自構成所謂對與錯
兩個人卻總是不願對不存在的真相共同承擔

所以說不出也吞不下所有的悲與苦
你我關心自己更同情對方但仍延著虛線遙望旋轉
那麼便形成了永遠無法獲得自由的身體書寫

二〇二〇・七・二十六

遇見昨天

遇見了昨天
遇不見你

想念與重逢是巨大的對比
走不完的路便在思惟間漸漸消失

究竟有沒有這樣的夢境
一個可以把昨天遞轉為明天的或然率
預期中是否接受
那是對習慣的解構

什麼時候
不見的路能被跨越
要什麼時候
可以在相同的頻率上品味快樂
到了昨天
請你聽我說說

二〇二〇・七・二十七

·輯三·

無終點形式的虛構投射

寂寞的記憶邏輯

難道思緒拘泥於銳利的記憶而堅持固著，所以我們得以窺見，
似乎從久遠前即已存在的，缺乏邏輯性的開始。

關於呼吸，據說失去節奏就會令影子剝離。
寂寞隨風崩裂，層層糾結，盤踞在他蹤身一躍的瞬間。
因為放棄節奏而形成了無比美麗的兩道剪影，在風中共舞。

空氣中充塞了風的氣味。
我們習慣了這些氣味，他蹤身一躍的瞬間便化為永恆。
那是一幅風景，每道思緒每片影子都缺乏邏輯性地噪鬧喧叫。
總是無與倫比地美麗。

正向力量的微型風貌

自念與諸境分離，
羅列生命美學中的層遞現象。
思路的行走聲響，何等寧謐。

凝看城市子民們的面容紋理，
適足以描繪非線性數位敘事式的脈絡，
隨興書寫，便可構圖意識。
夢境此般磊落，沿程伏流何需依傍。

空靈的負面經驗，

不再固著於零散的微型風貌。
窺測空房間，影子跨域介入滿溢勇氣的顧盼。

於焉，我的正向力量，
湧自曾於暗黑世界裏諸多能量的層層疊加，
形鑄無所謂悲歡的軌跡與模樣。

於是你的思緒不斷行走

你我被錯置在相同維度感受空間奧秘，自非偶然。
時間被切割成不同形狀，直逼視野乍現序列之紛繁，於是。
於是你的思緒不斷行走。

文字在你側臉的窗外飛舞，身姿的抑揚令人眼花撩亂。
無從捕捉的困頓與書寫的速度形成層遞效果，於是。
於是你的思緒不斷行走。

美學本體是一顆顆璀燦的結晶，色彩韻致以超然俱化。
猶如真心躍動，絕無蹈空之作。

路人持續以言語穿透你的軀殼，
龐沛之勢在場域中連結蒙太奇軌跡，用身體感傳頌述志之辭。

真實與無意識在你側臉一再切替，形成旅程的構圖。
無終點是你的終點，或夢或醒的情境流變為沿途的車站。
你嘗試各種角度喃喃透視窗外文字的舞姿，探索你我的互動關係。
迸湧的共構景緻，讓我無法與自己分割。於是。
於是，我的思緒不斷行走。

【後記】

這首詩層層編碼的內容，係描述搭乘高鐵時的種種心境。有人看出來了嗎？XD

喃喃自語

若說，唯有我是能解讀你的那麼，
在夜裏悄悄綻放呼吸的夢的族群，都開心地笑了。
言語甚易揮發。　於焉你不言不語然後將舉止全都
層層編了密碼

那是種慣性吧
為了藏匿表情為了逃避追逐
將馱著過多未知的明日歲月
遠遠擲向星子

空氣中有雙張望的眼神
自我揶揄著
同時兀自繼續解碼
喃喃自語

耽美於雲端的書寫方式

他們將我對你的想念，稱為自然書寫。
一種不假思索的歷程，腦波瞬間轉換為數位訊號，在雲端永恆駐足。
此般流暢，落葉軌跡皆有其涵義。

讀你的心，我尋思背後隱射的客體。
分散式結構的多層組織，我在虛實間雜湊你的全貌。

我的呼吸，有層遞與協韻。
你的心跳，有情節與起伏。

無所謂撲朔迷離，有所謂直覺的真誠。
我們為隱沒的理念找到出口，
那正是聯繫你我的奧秘所常駐的地方。

大數據的趣味偶而來自耽美的形式主義，
微妙的想念滋味在不斷備份後愈來愈濃。
解脫邏輯而後韻致迸湧。

上傳下載同步分享，你我開創的未曾有過的獨自世界。
潛意識充份理解所有思想記錄，
容錯率和各種新舊版本的並置建構了多次元的無稜角場域。
這種純粹性，正是我超現實主義的書寫方式。

思念的巨量形構

思念是一片片解構後的幾何片斷，
飄散著芬芳的顆粒，有各種不同的形狀，
裏面層層構成奇妙的結構，
有股巨大的能量，正是我對妳的美好記憶。

所以輕拂過妳的眼蔭的藍藍的天，
那片足以誘發我們停止思索的顏色，
端於微涼的空氣，因此妳說。

音律築成文字的樣貌，彼時同時仰望。

寰宇投射出妳我揚起的唇角尺度，剎時，
喜悅是何等難以隱藏的秘密。
枝椏扶疏間，妳是否聽見了？

影子的樣子

涼涼的眼藥水滴進雙眸　溫溫地從眼角流出
以為自己哭了　於是難過起來

滿鋪靜謐的，痛。

薄薄的身影承載著濃濃的愁緒　微風輕掠　不規則地顫晃

將影子沿著地面撕起
一想到再不能見面　就又難過了起來。

出離執著　若獲自由
其實並非只有一種表現形式
不過更明瞭　令我無限耽溺的整片秘密
冗長雜沓的語句　顯然似乎依依不捨

於焉決定斷念。
置諸因收藏得過好而遺忘的記憶碎片裏
來回踱步間　隔著笑語　在筆記本上做了規劃註記。
「我們已走進無從回頭的不歸路」，因此你說。

無終點形式的虛構投射

究竟，要透過多少形式，
你我才能充份表達內心豐沛的情感？

寂寞，因為滿溢的情緒而寂寞。
沒有受者，純粹無對象抒發，
劇情虛構更無從所謂具體投射，何等虛妄然而無比踏實。

踏實，我們默默踩著每個刻度，堅持自己偏愛的風格。
音樂視覺文字肢體，無實義的句首語助詞可曾足夠？
意志經驗精神認知，懷著失落的或然率朝向透視角度奮力一躍。

奮力一躍而起，然後你我輕輕飄落，
飄落在你的髮我的眉，無意識間盤距糾結，不再清醒。

不再清醒，所以你的悲你的喜，不相悖離。
傳說中偏離現實軌道的夢境如此清晰。
審美移情的非工具感性，正是為了滿腔無終點期盼的自由釋放。
因而你問：

究竟，究竟要透過多少形式，
你我才能充份表達內心極度豐沛的情感？

二〇一三．一．十五

【後記】

聽了看了【Aggie　謝沛恩—不是不愛我MV】感動痛泣久久不已。

http://youtu.be/SMS6eBAj6HI

關於永恆的共構現象

凝視你腦海思緒裏的熙攘往來
嘗試在寂寞空間與你品嚐共構現象
心靈的圖像不斷重組宇宙密因
於是我跌宕在錯髮糾結記憶中

雨的斷層透過時間再生
斜吹的風捲起超現實的奇觀
水滴聲是鍛接跨域塵俗的線索
你我重逢的變異性因此恣意滋長

漸進與推移的風景佔據你眼底的膠卷
斷線的音律仍引導我飄向你的臉龐
朝空躍去的瞬間，無形力量撞擊我們
卻也同時形塑相依相存的美好永恆

·輯四·

旋律線

不該煽情

有些眼神，藏匿於解構後的心情中
無從重組。
所以夜色的身姿總是有些呆滯
所以翻不完的書頁　有凝重的破裂景緻。

致力描繪意念的圖騰。
所以拼湊出的所謂岑寂
所以析辨出的所謂落寞
俱不足採信。

字句中的枯槁面容
不時為驚怖所吸引
搓揉我們的疲憊，折疊我們的憔悴
教唆那，錯錯疊疊的光陰
追逐冷冽的無形無骸的氣息
夢囈式的抒情。

所以不該。

停格之二

我的夢境，從內心的雛形到邈遠不可見的完整結構
諸多真誠而又模糊的想念
終於看見，娉婷於潔淨山徑中的芳蹤。
你來了

「然至此我仍尚未理清回憶與明日種種無關緊要的往事
究竟牽扯著什麼或疏或密的關聯時，」—（註一）
我靜待自己的睿智的甦醒。

所以我在這裏

所以你在那裏

註一：改編自田運良詩人之「生生：世世」

中傷我吧

以媚俗的言語勾引你：
中傷我吧。
擰身而出的姿態是否與天氣有關　不用管
中傷我吧。

中傷我吧
藉此我捍衛心情
釋放繽紛的愉悅與憂傷。
中傷我吧
因為感動是不需要的　傷懷是不需要的

因為回憶是不需要的　珍惜是不需要的
摧毀所有鍵結吧
可以如同他們般　睥睨堅固的流光歲月。

而預期的該與不該
當它們躍躍欲試迫不及待想見識你的歎息不斷你的過於晶瑩的夢
那麼將情何以堪。

所以，還是中傷我吧

得到薩諾斯無限手套

那天當你
當你上台昂揚高唱第一首歌曲
謝謝你讓我找到自己

若不是你
我得不到意識的主體
若不是等你
塑造的意象將與我遠離

所以

我想牽著你的手一起過生活
不必再來回辯證
你身後的背影如何抵達真實
以及各種如果

陪在我身邊
因為這是下雨天
我看見過去的我縱然已經好幾遍

潛意識的剖面
緊守著他們的謊言
那天當你
當你上台昂首高唱第一首歌

他們抽空了我的書寫能力
透視著天空的容顏

那麼我們說句話給空氣聽
過去有過去的聲音
不必再來回辯證
你身後的背影如何抵達真實
因為明亮的水在蕩漾
如同你的眼眸一樣

運鏡美學

你在我臉上留下了眼睛
透視彼此互攝的軸度
我在你髮際遺落了微溫
解凍所有冷漠的對談與疏忽

時空交涉
你的身體構圖總是隨意淡入淡出
張口無聲
言語的切片疊代出層層情節
那正是我的運鏡美學

向前縱放的速度形狀

一張臂，氣息流動並間雜著換喻的意象
你向前大步跑跳，速度的形狀排列成一片片縱放的風箏
崇慕遠方的哲理詩境
凝視眼前的堅定標記

身體與想念共構
躍動為多層次可能性的未來定義
沛然的空間肯證了思辨的真心
生命節奏如此奔流
你微笑的側面穿透了超寫實的夢境

那最迷幻的動態構圖
飛翔著愉悅的聲響

躍進

方才就打算此般講的
然而一時找不到適合的話語，所以只微笑點頭。
文字的組合傾注種種對你的期待
那關於路過與否的畫面
還有風雲際會的種種傳說
都有待你的探索

被生活放逐
生命永遠不是一條直線
躍進的想望是個純粹的夢想

汗水偶爾蒸發為無常
那或許不是你呼喚的滋味
但可以鐫刻你指尖紋路
藉此輕輕鍵結世界時空捲軸

綠苗新生的日子
每一天都值得慶祝
所以
我寫一首詩給你
預先為你紀念與狂賀

【後記】
與乖學生對話有感，期待學生的躍進。

年節格律的共伴語境

年節的格律牽制了我的喜樂
那是構築你我關係的奇幻轍痕
眾人集合在閃亮的共伴語境
喃喃互暢生命的線條與心靈的刻繪

書寫了一段自我實現的願望清單
不斷追索的悅樂如同煙花般赫赫有聲
透視彼此心凝神馳的交疊之物
持續深織的是緊密相依的思念與祝福

難以廓清的稟賦體驗充滿歡愉
絢爛的記憶方式是種療癒的過程
將時間往前推進十年，望後返回十年
看似平淡的漸入漸出令人激昂
與家鄉共享喜慶有著神奇的絕對精神
所以我們約定
年年要一同拼貼整座天空的彩繪

二〇一八除夕寫詩跨年

【後記】

二〇一九年，因為鏘咪定居台南滿週年，鏘妹全家第一次赴古都回娘家。再加上親愛的老婆、鏘弟，全家團圓，鏘鏘感到無比幸福。

旋律線

冬季歲末飄落的情節
沿著旋律線排列然後前進
對你的記憶
裂化為不斷細分的伏流
水面演奏著無從拼湊的音符
有超凡的節奏

微風以有限暗示無限
撞擊我的臉
一切充滿個性的不整齊音韻

構築起聲音空間
都綻放著疏朗
所以我沿著旋律線聽見你
緩緩向著全新樂章
跨越

共同耽美的人生日記

你我的巧遇來自意外之喜
深植的愛意無可言喻
你悄悄帶著喜悅的果實靠近我
將夢想細心逐一剪下
我扶著你的手一同拼湊所有版圖

歲月的細紋有精妙的隱喻
你我相陪緩緩書寫人生日記
耽美於圖騰的想望
有超現實的表現技巧

那是你我共同灌溉的軌跡
仰首遙望沈靜卻又狂野的星空
我對著你笑了

敬致恩愛的【剁雞俠侶】大大

越界圖騰

張開手
其實已然越界
那繫連你我視域的天際線
當非實存

寒風冰雨下的拒馬圖騰
竟係你最悲壯的陳述方式
一種透明的寫實主義
拒不出聲

其實的我

其實的我
刮鬍子時捲起塵埃飛揚
開心時總有超現實的想像
不曾發生自我認同無所依恃
滄桑的額際源源燃著溫熱的力量
於焉，其實我這麼想。

思考模式匯聚從而不斷創作
每次書寫出的都是幻化的我
生命流變有其妙不可言的意趣

回顧點滴軌跡俱皆充滿因果
匆匆緩緩興起與沒落
期盼文字中與你共構

美景在望，我們藉以成長
新銳巧思與擊缽歌吟俱皆傳達幽微聲響
輕輕扣彈其中經脈理肌
所有快樂心聲都悄悄沿襲
而在精密譬喻與編碼中企圖還原所謂傳說
追求異彩讓詩飛翔或者蓬勃
喃喃敘事者
是的，那正係其實的我

無質天空的並置書寫

過濾私我的情緒
摸索地域的意涵
那宏偉屹立眼前的圖騰
看得見卻聽不懂更說不清

年少記憶的種子實實在在於心靈土壤裏展現生命
光陰的流竄構圖了奔逐的景色
我藉以成長
那是無從明說的縮時攝影
氣勢磅礴的驕傲聲響

可是他不明白
彼此人生的介入錯置了色塊的潑彩
無法拼湊出共認的版圖
圖騰被詭辯從而逐漸互解
蒼老的樣貌不復具睥睨萬物之姿

無質的天空並置書寫了可能的旅程
仰望時　點滴累積的想念瞬間迸湧
想念年少時刻潛意識間隱藏的諸多願望
我用這份勇氣讓不相聯屬的個體相互穿透
那該是涉踱彼此驅殼時的依歸
展佈流變的原性

無止盡飄移向他
最後將是共同意念的縮寫
必然與美偶遇

華麗的暗黑泛音

大規模隱晦的符號在我們眼前默默演進，彼此都假裝看不見。
多元思考的體悟串起非線性的存在，不妥協的堅持正是最精粹的抒發。

句意不變，是以我依此窺測你們反覆構圖的樣貌。
一種迎向黑暗的考量歷程，跨越一切道德規範的揀擇。

或許這是你們睥睨天下人的姿態，缺乏澄澈眸子的面容與胸懷。
闡其微，種種缺乏自信與自省的色調不斷潑灑，繪為無聲的喧囂。

重組或交叉混成一波波繁響雜聲，在眾人耳際迴盪。
那猶如多種謠言包裝而成的可口果實，譜成你們陰謀的泛音。

他們無忌無畏的付出，俱皆被你們分解為有害成份，亟欲移除。
生態失調，於是你們日夜蠢蠢欲動。

而你們俐落的身影，居然形構了冷肅的雕塑。
一種無從撼動的公共場景，此般華麗。

溫柔的哲學

他說一但醒來，過氣的夢境將不斷干擾他的言語。
於是我決定不言不語。
彼時，搓揉著一張空白的臉，
驟為淡墨的夜色所吸引。

畫一條直線，
不要讓月光透進來撥亂整個秩序。
我拼湊著各種情節推演他醒來的或然率，
開始嘗試逃離我們嘗試保持距離的遠方。

這正是我溫柔的哲學。

啟程

我三分鐘後啟程，你說。
我聽不見，我說。
你的側臉即將迎微風飛揚，你說。
你到了嗎？我說。
然而夜裏有霧，你說。
額頭上有你的傷痕可以指引，我說。
真的如此嗎？你說。
微張的唇語無從隱瞞，我說。
那麼，我即將啟程。

·輯五·

這不是故事

介入視域的佈局

游刃於諸多感官的差集間，
我望後抖起層層動向。
自雜境介入視域開始，
無從隱匿眼神中的無比空洞幽藍。

匆匆將尋夢初惑放下，
空浸依依不捨的種種無端。
無限延展一絲不確定的氣息，
於焉踰越哲思，凝鑄形銷骨立的佈局。
自此經行倜促，若有所思，拒不聽雨。

夜，襲

於是我決定放下筆，讓夜色從背後襲來。
星光月影雜沓灑下，記憶所及俱皆零碎片段。

我想我是無法轉醒了，
奔馳夢中追逐喬伊斯遺失在我床頭的字字句句。
諸多記號，令我看清或者看不清自己真實意識的面貌。

將神智懸掛於半空的是詭譎的線索，
過度拼湊後形成散文結構的辯證風格。
是以我無法轉醒了，

即便穿越子夜可達朝雲之際，
眼皮間依然堅持互傾柔情與無比糾結，
此時喬伊斯緩緩轉過身，兀自檢視我的夢境。

於是我決定放下筆，讓夜色從背後襲來。

【後記】

昨晚在床頭抱著詹姆斯．喬伊斯的《都柏林人》（Dubliners），一入睡即在夢中寫了一篇散文詩。醒過來大多字句都忘了，所幸還記得開頭二句「於是我決定放下筆，讓夜色從背後襲來」。因此根據這兩句為線索，重新拼湊成了這首作品。

無期

巨大殘酷的方形的圓形的視野。
對折對折再撕角
穿過縫洞的眼神，仍迷途於巨大殘酷的視野。

吐納間以勾勒現實荒蕪情境的線條
編紮撰製所謂　勇氣
呼吸世界的腥味
同翻騰嗆咳的空氣舞姿對峙。

毀滅中取暖

在乾涸歲月中拎著勇氣　奔向
妳的眼眶　我的視野。
已用醒悟鑿鑴目標，此般深刻
恁怎巨大殘酷，我不再迷途。

無從界定

我所面對的，只有表達。
「因為界定的本身已然落入一種思維的俗套，」
從未親見的推論機制。

曾經擔心所謂辛勤所謂的細心經營
是否正是向著所謂的　事實　一種不自量力的挑釁？
或者所謂視覺聽覺嗅覺觸覺
所謂知識所謂教育所謂歷鍊所謂判斷
甚且無從堅持　猶然在陽光偷窺空氣時

不得不然悄悄渙散蒸融？
於此我放棄。

收割

全未經意
飄零自窗櫺　行句間的　煽情惹火的　錯別字。
那生俱異象宿慧的。

隸屬哪個時代？哪一頁？
無從知悉。
關於思緒　已待命收割。

自然現象N

那天你帶了瓶子來問我可不可
以把頭塞進去當然我說開玩笑
這怎麼可能然後你在詭譎微笑
中倒進一些甜酒以及滴入幾許
愛情成份於是乎我們都把身體
探進去並且套在裏面了。

我的孤獨是如此

總是在人群正嘈雜高漲歡笑聲時
悄然感到一種　想放聲大哭流淚
想引吭高歌一首激昂
想摀住雙耳感受狂聲巨隆
想肆恣糾結散髮
想張開臂膀就此偷偷睡覺
想被世界隔離
置身八荒九垓眾弦俱寂的
恐懼中　的
孤獨。

『來一杯可樂嗎？』
『噢，不了，謝謝。』

生意盎然的平凡時光

我們說，我們期盼過平凡的日子
然而平凡的我們，卻又害怕駐足於平凡人的刻度

是以，
如何駕馭心中的這份平凡
如何細細與平凡對話
撿拾皆為令你我困頓的練習
萬物在平凡中展現生意盎然
紛紛對立的和諧綻放燦爛

一筆一墨俱皆轉化新意
那麼自以為卓越的我們
焉能不向萬物學習

【後記】
朝聖華岡博物館觀物之生有感

以物觀物的自然狀態

有我之境，皆著你色彩
無我之境，空氣俱恣意編排

昂首　吐納　張臂　嘶吼
所有色調都配合你靜觀的節奏
思想的成份竟係此般純粹結構

當美學體驗演繹為以物觀物的自然狀態
那麼就可窺見暗示性的未來

【後記】

這首詩其實是聽著鄧紫棋的【摩天動物園（City Zoo）】，隨著她的節奏而寫出來的。

遺落在旅程的現象學

行旅間他失去了對空間定義的能力
「這是你主動追求的孤單」

沿程伴隨而揮之不去的塵埃
應許了一種奇幻的囈語
那正是巨大的身體意象
無從覺察的境界
所以他的身體存在於知覺邊緣
任憑四季觀察與體驗

於焉空間與時間交錯遞移
令人無法分辨
而千萬變化的風景
竟拼貼成單一風格的巨幅掛畫
「那麼你後悔追求孤單嗎？」
「我從未如此預期」
真實與想像並陳
卻是他繼續旅行的絕美構圖

二〇二〇．二．十五

任性

其實沒有必要讓所有人都不知道
你週而復記憶裏的某些訊號

曾經與你相會的正交向量
它們朝著不同軸度發散然後藏匿
你片片段段的起伏波形
構成一串兩串悅耳的密碼
可口但不給靠近

你的任性太抽象

正是我虛構的多重情節

二〇二一・七・四

空間的語彙飄進影子的佈局

香味載著一顆顆熟悉的記憶
靠近已經藏匿的距離
適應是種意外相遇的配方
頂住你凝滯的天空裏降落不了的兩滴

日光照進一串串空間的語彙
讓我聞到安定身心的詞句
斜倚的眼神呼應你躲不住的微笑
我們托著下巴一同呼吸

在窗外一隅持筆寫詩
花朵的氣息飄進影子的佈局
葉片的角落連結出一大片翠綠
望過去的旅程看見每一個自己
此般神奇

二〇二一．七．十

【後記】

這首是鏘鏘【紫綴金迷】個展時，在展場現場表演、即興創作的一首詩，與場域佈展的花朵和香味彼此呼應。

這不是故事

如此堅持　在生活的缺口
用廣角集結一整個下午的擁擠，置諸
都市的櫥窗外。

而我，和自己約會在平光玻璃的另一面
一個人
如此乾脆　若
以我為介面的
過去五十年和
未來五十年

在浴室靜謐的鏡子前
藉一把刮鬍刀　唰白的
相遇。

【林豪鏘後記】文字語素與人生長句共伴

文字是鏘鏘生命中最重要的元素。記得國中時國文江昭容老師曾對鏘鏘寫下眉批：「你對文字具有很好的靈敏度」，自此，我成為了寫作的自媒體。鏘鏘受散文詩影響甚鉅，所以經常出現長句。而同時也是數位藝術家的鏘鏘，針對其中幾中詩，也創作了錄像作品，詩友們可以到林豪鏘的YouTube，並敬請不吝指教。原本出詩輯是鏘鏘的重要退休計畫，但感謝大作家林秀赫的專業鼓勵，許赫社長、張小均、林川又的協助，這個心願居然提早實現了，無比感動。

這本詩輯共分五章。【輯一，不修邊福】中，我微笑陳述了對人生無常、恣意起伏的回顧。這章裏我收錄了相較成熟的幾首作品，也嘗試展現形式上的多樣性。【輯二，不協調的合奏投影】不免俗套寫的是愛情故事。相愛容易相處難，於是兩人有了不協調的生活合奏。【輯三，無終點形式的虛構投射】是一種寫作經驗，我們不一定要對電影文學裏的情節有相同體驗，我們不一定要有對應投射，也可以產生無比感動。因為我們都是感性的個體與群體。【輯四，旋律線】演奏出了人生的基調。而這基調，則與宇宙萬物共伴在共同的旋律線上。所以我們有並陳的光明與黑暗面，我們也一同感受生命細節。【輯五，這不是故事】刻意交錯了一些早期的作品，以及最近的作品，它們承載並記錄了鏘鏘五十年來的點滴，而在此刻歡喜相遇。

鏘鏘自己的詩輯，自戀喜歡的詩句當然很多。在這其中，以下是鏘鏘格外鍾愛的：

「不明白自喉間一躍而起的熟悉同時陌生的音律，
為何總驟跌在與空氣互疊的倒影裏，此般安靜。」——

「路上行人果然多得出奇
彼此關係只建立在
腳步的快慢腳印的深淺交疊發生的先後順序與，展開
自速度的階級美學。
於焉以極端時髦的審視角度，看人，以及
繼續呼吸。」

「我們只能這麼說了。心靈角隅一端
優越與其突變的劣等基因
雜遝盤據在意識的剖面
我只能這麼說了
無須重組本質及無法為心情命名，

並且風雨驟驚。
如此而已。」

「對於所謂公平對於所謂真理的追求，是否何妨
適可而止。」

「我們的思維說不清每一個悸動當下的念頭
絕對的推理永遠理不斷任何一次無心的書寫
於是我踞坐客廳。」

「福禍是否不修邊幅
於焉甚不重要。」

「你我的姓名原屬虛字
握不住的方向盤
飄移的輪胎
濺起水花」

「我刪去了上面一行詩
坐了下來」

「於焉，我的正向力量，
湧自曾於暗黑世界裏諸多能量的層層疊加，
形鑄無所謂悲歡的軌跡與模樣。」

「空氣中充塞了風的氣味。

我們習慣了這些氣味，他蹤身一躍的瞬間便化為永恆。」

「無所事事，竟係此般不可思議的美學經驗。」

令人難以置信的傳說。

國家圖書館出版品預行編目（CIP）資料

鏘鏘詩輯：一躍而起的安靜音律 / 林豪鏘著 . -- 初版 .
-- 新北市：斑馬線出版社 , 2022.03
面；　公分

ISBN 978-626-95412-2-5（平裝）

863.51　　　　111003321

鏘鏘詩輯——一躍而起的安靜音律

作　　者：林豪鏘
總 編 輯：施榮華
封面插圖：林豪鏘
內文插圖：林豪錄、林川又

發 行 人：張仰賢
社　　長：許　赫
出 版 者：斑馬線文庫有限公司
法律顧問：林仟雯律師

斑馬線文庫
通訊地址：234 新北市永和區民光街 20 巷 7 號 1 樓
連絡電話：0922542983

製版印刷：龍虎電腦排版股份有限公司
出版日期：2022 年 3 月
ISBN：978-626-95412-2-5
定　　價：360 元